Mit den Händen

sprach ihr

Herz...

Dieses Baeredel-Buch gehört:

....

....

....

Bibliografische Information durch
Die Deutsche Bibliothek:

Die Deutsche Bibliothek verzeichnet diese Publikation
in der Deutschen Nationalbibliografie; detaillierte
bibliografische Daten sind im Internet über
http://dnb.ddb.de abrufbar.

Herstellung und Verlag:
BoD - Books on Demand, Norderstedt
ISBN 9783751935937
BoD

Großdruck

Mit den Händen

sprach ihr

Herz ...

Roman by *baeredel*

Mit den Händen sprach ihr Herz…

Nein, sie wollte nicht daran denken; Niemals mehr wollte sie daran denken. Doch es kam ihr immer wieder in den Sinn:

„Hätte ich, ja hätte ich damals nur nicht nach dem Feuerzeug gesucht, dann wäre dieser schreckliche Unfall bestimmt nicht passiert. – Wäre ich nur nicht so neugierig gewesen, hätte ich…, würde ich…, wäre vielleicht…, ja dann wäre dieser schreckliche Unfall bestimmt nicht passiert. – Die blöde Zigarrette, hätte ich nur nicht…: Jetzt, ja jetzt …"

„Marina?… Marina!"

Eine helle freundliche, doch besorgte Stimme klang durch die Wohnung.

„Ja, Mama!" Marina antwortete ihrer Mutter gleichmüßig.

„Komm bitte zum Frühstück, es ist bereits 9.oo Uhr. Ich habe frische Brötchen geholt, dir ein leckeres Ei gekocht… und der Kaffee duftet schon aus der Tasse…"

„Ja, Mama, danke!"
Marina drehte sich auf die andere Seite. Sie hatte keinen Appetit auf ein leckeres Frühstück, eigentlich wollte sie überhaupt kein Frühstück.
Wenn sie doch nur die Zeit zurück drehen könnte, was würde sie dafür alles tun.

Die Mutter hingegen ließ nicht locker:

„Marina, nun komm doch, der Kaffee wird doch sonst kalt... und das Ei... und die Brötchen, na ja und überhaupt, komm mach doch, lass uns was machen... wir müssen etwas unternehmen.

Du musst einfach raus hier.
Die Sonne scheint. Da können wir viele Dinge mit ganz anderen Augen sehen.
Komm Kind, steh auf.

Ich kann dich ja verstehen, aber das Leben geht weiter.
Was geschehen ist, ist geschehen, was immer es auch war.
Wir müssen damit fertig werden.

Das gelingt uns auch nur, wenn wir nicht den Kopf in den Sand stecken, sondern uns mutig der Sache stellen.

Komm Liebling, ich helfe dir. Ich bin doch deine Mama."

„Hach, jaa." Marina zieht die Decke weg und setzt zögernd erst das rechte dann das linke Bein auf die Erde.

„Das fehlte noch, auch heute mit dem linken Bein zuerst aufstehen", dachte sie.

Marina ging ins Badezimmer. So übel sah ich noch nie aus, stellte sie nach einem Blick in den Spiegel fest.
„Wie ich mich zum Kotzen fühle, genau so sehe ich aus. Was soll ich nur tun?" dachte sie.
„Gemütlich frühstücken, als sei nichts geschehen? - In der Sonne spazieren gehen? – Nein, das konnte sie nicht.
Sie musste erst einmal allein sein. Erst einmal über alles klar werden.

Sie zog sich einen grauen Pulli und eine schwarze Hose an, riss sich den Mantel vom Haken und stürzte mit tränennassen Augen und aufeinander gepressten Lippen ohne Worte aus der Wohnung.

Gisela van Dor hörte die Tür ins Schloss fallen. Erschrocken lief sie zum Küchenfenster und sah wie ihr einziges Kind in seiner Verzweiflung in Richtung Park aus dem Haus lief.

* * *

„Wie das Leben so spielt…", dachte
Gisela van Dor;

Damals, als sie 20 war lernte sie beim
Dorftanz einen jungen dunkelblonden
gut aussehenden Mann kennen. Er
schien auch im Wesen recht nett zu
sein.
Nikolaus hieß er eigentlich, aber alle
nannten ihn nur „Nick".

Sie selbst, einzige wohlbehütete
Tochter, eines Pastoren-Ehepaares.
Die Großmutter Erna verrichtete
alle Hausarbeiten, sie kochte lecker
und hatte die kleine Gisela wie eine
Prinzessin verwöhnt.
Gisela hing dafür in abgöttischer
Liebe an ihr.

Großmutter zauberte auch aus ihrem
Garten die schönsten Blumengestecke

für den Altar in der Kirche. Es war ganz egal zu welcher Jahreszeit. Sie hatte die seltene Gabe, die Schönheiten der Natur zu erkennen und fand die Möglichkeiten mit den gebotenen Gewächsen und Gebilden, die herrlichsten Dinge zu gestalten.

Dieter Müller, der Küster, fand, dass von den Blumensträußen der Großmutter einer noch schöner als der andere sei und er fotografierte sie alle. Das war gut, manche Bilder fanden sogar im heimischen Blatt auf der Titelseite Platz – und ganz dick Großmutter Ernas Name darunter -.
Dann war Großmutter immer etwas verlegen. Schließlich meinte sie:

„Aber sie kommen alle aus Gottes Hand – ich habe sie doch nur zueinander gefügt."

Großmutter war eben stets bescheiden. Sie selbst benötigte überhaupt nicht viel und hatte immer und für jeden ein Lächeln.
Von sich sprach sie kaum, aber sie konnte wunderbar zuhören.

Trotz allem, ihre Prinzessin, die sollte nichts entbehren, die sollte auf nichts verzichten müssen.
So war es Großmutter, die Gisela zuredete, mit Nick mehr Zeit zu verbringen. Sie kannte Nicks Familie und wusste, dass er aus ordentlichem Hause kam. Von Nick hatte sie noch nichts Schlechtes vernommen. Mit ihm und seiner Familie konnte sie also einverstanden sein.

Nicht jeder einfach daher gelaufene sollte ihre Prinzessin haben. Nein, sie wollte sicher sein, dass es ihre

Prinzessin einmal gut haben würde in ihrem Leben. Ja, wenn sie aus dieser Welt einmal scheiden müsse, dann wollte sie ihre „Prinzessin" gut versorgt wissen.

Sie sagte immer wieder mal: „Kind, wenn ich einmal von dieser Welt scheide, dann will ich sicher sein, dass es Dir gut geht!"

„Ach, Großmutter, Du weißt doch auch, es kommt, wie es muss; Hast Du selbst gesagt, und mach` dir doch bitte nicht so viele Sorgen."

* * *

Es kam, wie es musste.

Nick verliebte sich in Gisela.

Sie kam ihm so fein, wie eine Prinzessin vor, ihre grazile Gestalt, ihre feine Stimme, ihre liebenswerte Ausdrucksweise, immer zurückhaltend, immer lächelnd.

Nie hatte sie ein böses Wort auf den Lippen.

Ihr Äußeres bestätigte den feinen Eindruck. Mit Ihrem goldblonden Haar glich sie manchmal einem Engel… und die Augen erst – strahlend blau; sie erinnerten in ihrer Klarheit an das tiefgründige blaue unendliche Meer im goldenen Sonnenglanz. Es war wohl so.
Nick hatte keine Chance, sich nicht in Gisela zu verlieben.

Und Gisela…? Wenn Großmutter ihr noch so viel Negatives von Nick, seiner Familie oder sonst wem erzählt hätte, nichts hätte sie davon abhalten können, ihrer Liebe „Nick" zu folgen.

Zwanghaft nahm die Liebe von ihnen Besitz und ließ sie beide nicht mehr los.

* * *

Sie heirateten und zogen zusammen in ein kleines Haus am Waldrand.

„Zum Wäldchen 1", hieß der bezeichnende Weg. Sie hatten eine Hochzeit im kleinen familiären Rahmen gefeiert und meinten:

„Das größte Glück hat in der kleinsten Hütte Platz."

Für die Großmutter wurde ein Zimmer noch angebaut. Es war deren Bitte, für ihre Prinzessin noch da sein zu dürfen, so lange „sie noch könne". Nick stimmte seiner Prinzessin bestätigend zu, als sie die Bitte äußerte, er, Nick, möge doch bitte damit einverstanden sein, Großmutter auch bei sich wohnen zu lassen.

Nach wie vor zauberte Großmutter die schönsten Blumengebinde auf den

Tisch. Weil sie morgens schon immer die erste war, die aufstand, hatte sie auch übernommen, den Frühstückstisch zu decken. – Es begann für alle eine Zeit wie im Märchen.

An warmen freundlichen Tagen bereitete Großmutter das Frühstück bereits draußen, „Open Air"… und die Vöglein boten das Frühkonzert dazu. So manches Bienchen holte sich etwas Honig von dem gedeckten Tisch zurück. Die Verliebten merkten es nicht einmal.
Großmutter war auch so glücklich und tat diese Arbeit noch mal so gern.

Nach dem Frühstück gingen die beiden aus dem Haus. Sie konnten mit ihrem kleinen Auto gemeinsam zur Arbeit fahren. Nick setzte Gisela vor ihrem kleinen Frisörladen ab, in dem sie auch arbeitete, und fuhr zu seiner Dienststelle dann weiter. Er musste noch etwa fünf Kilometer fahren bis er dort angelangt war. Der eigentliche Arbeitsweg betrug normalerweise nur ca. 2 km. Aber wegen der derzeit eingerichteten Baustelle musste Nick eine Umleitung von bald 3 km fahren.

Auf die besorgten Einwände von Nick und Gisela:
„Ach Großmutter, ist dir die Arbeit auch wirklich nicht zu viel? Ruh´ dich doch auch etwas aus." erwiderte sie lächelnd, meist mit einem spitzbübischen Augenzwinkern nur: „Wer rastet, der rostet…. Ich bin beweglich und will es auch noch ´ne Weile bleiben. Na also, und Ruhe habe ich später mal noch lange genug…"
Großmutter trank nur morgens eine Tasse Kaffee zum Frühstück, später

über den Tag verteilt, warmes Wasser,
Tee oder auch mal eine heiße Milch
mit Honig. Abends aber nach dem
Abendbrot „spülte" sie immer mit
einem halben Gläschen „Klaren" alle
„Ungereimtheiten" aus Mund und
Magen, wie sie stets beteuerte.
Rosige Wangen zeigten, dass es ihr
auch gut bekam so, wie sie es tat.

Während die beiden „Glückskinder",
wie Großmutter sie manchmal zärtlich
nannte, tagsüber auf ihren Arbeits-
stellen waren, werkelte Großmutter
im Garten, im Haus oder an zu
strickenden Socken herum – damit die
Kinder auch warme Füße hätten -

Meistens hatte sie für nachmittags
einen leckeren Kuchen gebacken, der
appetitanregend durch das ganze
Haus, oft auch durch den ganzen

Garten und je nach Windrichtung bis zu den jeweiligen Nachbarn duftete. Manche Nachbarn nannten das kleine Haus am Waldrand „Hexenhäuschen", nicht etwa, weil dort eine Hexe wohnte, sondern weil es dort immer so lecker nach Gebackenem duftete, was Lebkuchen ja eigentlich auch so an sich haben.

Großmutter wusste nämlich mit sich und der Zeit noch etwas anzufangen. „Müßiggang ist aller Laster Anfang", sprach sie, wenn es ihr mal nicht ganz so gut ging. Sie rappelte sich auf, und tatsächlich kam sie in ihrem täglichen Trott auch schnell wieder an.

Erdbeeren, Stachelbeeren, Johannisbeeren, Kirschen, Pflaumen, Äpfel, Birnen und Kürbis…

Was da aber auch alles so im Garten von Großmutter wuchs und gedieh. Es konnte gar nicht anders sein, als dass sie den berühmten „grünen Daumen" besaß.

Stecklinge, die Großmutter in die Erde steckte, zeigten im Nu Wirkung, als ob sie stolz darauf seien, von Großmutter ausgewählt worden zu sein. Sie wuchsen derart schön, dass man meinen konnte, sie wollten ihrerseits Großmutter ihre Dankbarkeit in Form von Wachstumsfleiß erweisen.

Großmutter nahm alles freudig hin.

* * *

Rosen ohne Dornen

gibt es nicht

Der scheinbar schönste Tag, aber

im Leben von Großmutter war dann, als ihre „Prinzessin" Gisela und Nick ihr die freudige Botschaft überbrachten, dass sie nun Urgroßmutter würde. Sie musste sich vor lauter Glück erst einmal in den Sessel fallen lassen.

Nein, dass sie das noch erleben dürfte. Sie faltete Ihre Hände und dankte IHM inniglich.

Ganz heimlich für sich, hoffte sie aber auch, dass sie es, das Kleine, auch noch erleben dürfte und dass es ein gesundes Kind werden würde. Dafür betete sie, von nun an, jeden Abend.

In ihrem langen Leben hatte sie wohl schon oft beobachten müssen, dass es im Leben so eingerichtet ist:

„Wenn einer kommt, muss ein anderer gehen!"

„Bitte, lieber Gott, lass mich noch ein Weilchen meine Aufgaben tun. DU weißt ja, dass ich liebend gern „das Kleine" noch erleben würde. Ich bitte Dich inständig." betete Großmutter Abend für Abend.

Gisela ging es prächtig. Sie war nicht nur schwanger…
sondern sie war stolz und voller Rücksicht sich und ihrem Kind gegenüber. Sie tat nichts, was dem Kind hätte schaden können.

Das „Kleine" hatte also besonderes Glück:
Schon im Mutterleib konnte es der Liebe sicher sein von Nick, Gisela und Großmutter oder in der Futur-Formel von Papa, Mama und Urgroßmutter.

Oft legte Nick seine Hand auf sein Kind, wohlbehütet unter dem Herzen seiner Prinzessin, um zu spüren, dass es lebt und wie es sich bewegt.

Glücklich nimmt er vorsichtig seine Prinzessin in den Arm und küsst sie dankbar zärtlich. Gisela lächelt still und ist in der Vorfreude sehr sehr glücklich.

Zum Frühstück wurde der werdenden Mutter nun täglich 1 Glas Rotwein mit einem Ei und einem Teelöffel Traubenzucker von Großmutter serviert. „Das muss getrunken werden, das ist gesund und kräftigt Mutter und Kind!"

Großmutter bestand darauf und sie blieb dabei stehen, bis das Glas ganz leer war.

Gisela hatte sich nach anfänglicher Überwindung an den täglichen Gesundheitstrank gewöhnt, und es schien ihr auch gut zu bekommen.
„Großmutter hat wohl immer Recht", dachte sie oft, wenn sie merkte, dass es ihr wirklich gut ging in „ihrem Zustand".

Als die Zeit dem Ende der Schwangerschaft zustrebte, wurde Gisela langsam behäbiger. Das „Kleine" in ihrem Leib gedieh prächtig und bestand im Wachstum auf seinen Platz, so dass Gisela schon manchmal hoffte, ihr Kleines nun doch bald im Arm halten zu dürfen.
Großmutter bereitete ihrer „Prinzessin" das Frühstück etwas später am Morgen, damit sie noch ein bisschen länger liegen bleiben könnte.

Auch Nick hatte Großmutter immer pünktlich und gut bedient, damit er gestärkt auch zur Arbeit fahren konnte.

Danach versorgte sie alles andere und fand immer wieder in ihren Rhythmus. Das klappte so weit ganz gut.

Bis der Tag kam, an dem das „Kleine" das Licht der Welt erblicken wollte:

Gisela war schon früh am Morgen erwacht.

Sie spürte, Ihr Kind will nun an diesem neuen Tag den Schritt in die Welt wagen.

- Es muss…ja auch irgendwann -

Nick hatte unruhig geschlafen.

Kerzengerade saß er im Bett, als seine „Prinzessin" leicht stöhnte bei den beginnenden Wehen. In seiner Sorge um sein Liebstes sprang er sofort aus dem Bett und flott in seine Kleidung. Er holte den Wagen aus der Garage und führte seine „Prinzessin" vorsichtig zu dem Fahrzeug.

Fürsorglich deckte er eine Decke über sie und das werdende Leben und fuhr die bald wachsende Familie in das 10 km entfernte Krankenhaus.

Dort stellte man sogleich den Schwangerschaftsstand fest und schickte den aufgeregt bebenden „schwangeren" Vater erst mal beruhigend aus dem Haus mit dem Versprechen, ihn zu benachrichtigen.

Nick zitterte an Arm und Bein. „Hoffentlich geht alles gut, hoffentlich passiert den beiden nichts." – „Lieber Gott, lass den beiden nichts passieren, mach dass alles gut wird!" betete er und stieg ins Auto, um zur Arbeit zu fahren.

Die Baustelle war immer noch nicht fertig.
Diesmal kam Nick aber von der anderen Seite, von der er keine Vorfahrt hatte. In seiner Aufregung war ihm das gar nicht bewusst geworden…

***

Der Unfall ereignete sich 3 km vom Krankenhaus entfernt in dem Moment, als sich gerade ein junges Leben anschickte, für sich einen Platz in dieser Welt zu erobern.

* * *

Wie erschrak die Großmutter, als plötzlich zwei uniformierte Beamte auf den Eingang des kleinen Häuschens am Waldrand zustrebten.

Zu Tode erbleicht bejahte sie die Frage, ob Herr Nikolaus van Dor hier wohnen würde. Die beiden Herren teilten ihr mit Bedauern mit, dass er vor etwa zwei Stunden bei einem Verkehrsunfall ums Leben gekommen sei, sprachen ihr Beileid aus und hatten somit ihrer Pflicht genüge getan.

Nun war die Großmutter mit der Schreckensnachricht allein, allein in diesem leeren Haus.

„Lieber Gott, bitte, lass das nicht wahr sein, bitte, bitte, so war das doch nicht gemeint. Hättest Du doch lieber mich …! Nein, nein, nein!" Großmutter flüsterte fast tonlos:

„Mein Gott, was hast Du getan?"
„Wie soll ich das „meiner Prinzessin"
und wie soll „meine Prinzessin" dies
dem Kleinen erklären?" „Oh, mein
Gott"! ... Hilflose Verzweiflung.

Großmutter begann böse auf sich
selbst zu werden. „Und ich Alte, bete
noch in meinem Egoismus, dass ich
das „Kleine" noch erleben darf. - Ja,
nun darf ich es vielleicht noch
erleben. - Aber was ist mit dem Vater,
das Kind braucht seinen Vater, was ist
mit ihm? Er hatte sich so auf sein
Kind gefreut. Warum ist er jetzt tot,
warum musste er so früh sterben?"
Großmutter wusste nicht, wie lange
sie so grübelnd dagesessen hatte.

Das Telefon ertönte plötzlich grell in
die Totenstille.

„Hallo, Schw…"
Plötzlich: „tut… tut… tut…"
Der Hörer fiel mit einem Schlag auf das Telefon zurück.

Großmutter war einem Herzinfarkt nahe.

„Nein!", Großmutter sprach zu sich selbst „ich muss stark sein, jetzt muss ich alles geben; Ich darf jetzt nicht schlapp machen.
Lieber Gott, nun hilf mir bitte auch, damit ich jetzt noch eine Weile durchhalte…! Ich muss…, ich muss!"

Großmutter wusste nicht, wie sie ihrer „Prinzessin" dieses Leid beibringen sollte, ohne ihr weh zu tun.
Sie blieb in dem Häuschen sitzen, unfähig irgendetwas zu tun, bis ihr Sohn, der Herr Pastor mit seiner Frau,

ihrer Schwiegertochter, kam, um zu erfahren, ob das Kind wohl bald auf die Welt käme.
Als Großmutter ihnen bleich die Tür öffnete, spürten sie sofort, dass etwas Schlimmes geschehen war.

Großmutter war gezwungen, den beiden die traurige Mitteilung zu machen.
Giselas Mutter brach zusammen und der Herr Pastor musste seine Frau erst mal direkt versorgen.

„Schlimm ist es, aber Gottes Wege sind unergründlich.
Mit seiner Hilfe werden wir es alle schaffen" sagte er.
Es sollte wohl wie ein Trost klingen.

Ja, eigentlich waren dies ja auch immer Großmutters Worte.

Aber wenn man selbst so tief im Leid steckte…

* * *

Gisela lag, ihre kleine neue Erdenbürgerin im Arm haltend, in einem Bett eines Dreibettzimmers mit der Nummer 120.

Die Geburt Ihres ersten Kindes war schwer und hatte sie ziemlich mitgenommen. Aber sie war glücklich. Sie sah lächeln auf die Kleine in ihrem Arm und beobachtete zärtlich die kleinen Händchen, die bereits mit besonderer Kraft ihren Finger umfassten, als ob sie sich festhalten wollten. Es sah fast so aus, als strömte eine besondere Ruhe und Zuversicht von der Mutter in das Kind über. Sein Gesichtchen entspannte sich - lächelte fast - und schlief ein.

Gisela wagte kaum, sich zu bewegen, sie hatte Angst, sie würde ihr Kind im Schlaf stören und es könnte vorzeitig wach werden.

Da trat Schwester Sabine in das Zimmer und schob ein Säuglingsbett vor sich her.

„So, Frau van Dor, nun wollen wir die Kleine mal in ihr erstes eigenes Bettchen legen. Ich lasse es gleich neben Ihnen stehen. Da können Sie ihr Kind immer sehen und hören.
Sie selbst müssen nun auch mal zur Ruhe kommen. Schlafen Sie doch etwas. Zum Mittagessen wecke ich Sie dann, wenn Ihre Tochter dies noch nicht getan hat bis dahin. Ha... ha... ha... wahrscheinlich wird sie schneller sein. Also bis dann!"

Die Schwester drehte sich zu den anderen Patientinnen um: „Und Sie, meine Damen tun sich am besten auch die Ruhe an. Sie müssen ja noch schaffen, was Frau van Dor schon gelungen ist."

Die Schwester verließ das Zimmer.

Die Bettnachbarin von Gisela stand auf. „Ja, ja ich bin auch ganz aufgeregt. Die Kleine ist aber auch zu süß. – Ach, wenn ich doch auch nur schon soweit wäre… Na, ja Schwester Sabine hat Recht, ich leg mich lieber hin und mache noch ein bisschen meine Augen zu, dann wird „die" Zeit schneller kommen."

Gisela war froh, dass sie nun auch ihre Ruhe hatte. Sie freute sich schon auf Nick. Was er wohl sagen würde, wenn er seine Kleine, seine eigene kleine goldige Prinzessin, sein eigenes Fleisch und Blut, nach dem langen Warten nun endlich im Arm halten würde? - Sie sah jetzt schon seinen strahlenden zärtlichen Blick vor sich. Ob ihm auch der Name: „Marina" gefiel? Gisela hoffte es, denn diesen

Namen fand sie selbst ausgesprochen passend für dieses kleine Wesen mit

den tiefseeblauen Augen

und dem hellen seidigen Pflaum auf dem Köpfchen. „Marina" klang das nicht wie „Hafen". Ein Hafen, in dem man sich ausruhen kann?

In der Vorfreude schlief sie ein.

* * *

Es klopfte an die Tür. Schwester Gabriele trat ins Zimmer und rief: „Mittagessen. Wer möchte am Tisch Platz nehmen? Wer bleibt im Bett?

Gisela wollte lieber im Bett bleiben. Sie schaute zu ihrer kleinen „Marina", die immer noch ruhig, die kleinen Händchen zu Fäusten geballt, schlief.

Wie gleichmäßig der kleine Körper auf- und niedergeht, wenn in ihn der Sauerstoff ein- und ausströmt, dachte sie. So ein kleines Leben und schon so stark. Gisela fühlte ein inneres Glück, wie sie es noch nie empfunden hatte.

Die Schwester schob das Tablett mit dem Mittagessen auf den Nachttisch neben Gisela. „Guten Appetit, und es wird alles aufgegessen. Gute Muttermilch muss auch gut produziert werden." sagte sie mahnend.

Gisela lächelte: „Ich komme mir fast vor wie bei meiner Großmutter, sie hat auch immer Recht. Ich will mein Möglichstes tun. Danke sehr."

Tatsächlich, die drei Damen des Zimmers 120 hatten ihr Mittagessen wirklich aufgegessen. - Jetzt konnte die Sonne scheinen und die Gewitter wegbleiben. - Die Teller waren blank.

Noch immer schlief die Kleine.
„Nun, ich glaube, wir müssen die

kleine Dame mal wecken" sagte Schwester Sabine, „sie ist jetzt eigentlich dran." Vorsichtig nahm sie den Säugling aus dem Bettchen. Tapsig führte das Baby die kleinen Fäustchen in die Mundgegend und fing gleich kräftig an, daran zu saugen.

Schwester Sabine legte das Baby vorsichtig in die Arme der Mutter. Gisela nahm das Kind liebevoll an ihre Brust. Es fing gleich kräftig an zu saugen und half mit den kleinen Händchen knetend mit, dass die Muttermilch angeregt wurde.

Giselas Blick wanderte von ihrem Kind immer wieder zu dem Fenster, durch das sie in den Park des Krankenhauses sehen konnte. Die Schwester brachte die Nachricht, sie hätte Großmutter zuhause telefonisch nicht erreichen können.

Gisela wartete also, dass Nick nach der Arbeit zu ihr kommen würde.

Plötzlich schrie die Bettnachbarin auf. „Ich glaube, mein Kind kommt, schnell, schnell, ruft doch mal jemand die Schwester."

Cecilie Schneider, die andere junge Frau im Krankenzimmer, drückte schnell auf die Notklingel.

Arzt und Schwester kamen fast gleichzeitig. Sie schoben das Bett eilig aus dem Zimmer zu dem Kreißsaal.

* * *

Die kleine Marina lag satt, frisch gemacht und sauber wieder in ihrem Bettchen.

Gisela wollte gern mal versuchen etwas aufstehen, aber sie fühlte sich noch sehr matt.
Trotzdem setzte sie die Beine aus dem Bett und würde es versuchen, dachte sie. Noch in diesem Moment wurde ihr so schwindelig, dass sie fast aus dem Bett gefallen wäre.
Gut, dass Schwester Sabine gerade noch sah, dass Gisela plötzlich kalkweiß wurde. Alle Gesichtsfarbe war entwichen, so bleich war sie geworden.Sie stellte schnell das Tablett ab, das sie gerade abräumen wollte. Schnell stützte sie Gisela und half ihr vorerst zurück ins Bett.

„Ach, Frau van Dor, machen Sie doch langsam. Sie wollen sich doch wohl nicht erst etwas brechen, oder?
Ihr Kreislauf ist noch ein wenig durcheinander, das regelt sich dann langsam wieder. Möchten Sie vielleicht etwas trinken?"

„Hier bitte!"

Gisela trank ein paar Schlucke Mineralwasser aus dem gereichten Glas.
„Danke"
Sie sank ermattet wieder in ihre Kissen zurück.
„Ruhen Sie sich noch ein wenig aus!" und zu Cecilie Schneider: „Wenn jetzt noch etwas sein sollte, klingeln sie bitte", dann ging Schwester Sabine aus dem Zimmer.

Gisela versuchte, ein wenig zu schlafen. Mit den Gedanken an Nick gelang es ihr auch.

* * *

Es war schon reichlich dunkel
geworden und sah ziemlich nach
Gewitter aus.

Gisela erwachte langsam und fühlte sich wie gerädert.

Es war bereits Abendbrotzeit. Sie hatte den Nachmittagskaffee verschlafen.

Als sie versuchte, ihre Augen zu öffnen, wusste sie zunächst gar nicht wo sie war. Doch als ihr Blick auf ihrer kleinen Tochter haften blieb, wurde ihr bewusst, dass sie in ihrem Schlaf geträumt hatte.

Und plötzlich war ihr, als ob sie den Traum noch einmal erlebte:

- Sie sah Nick neben dem Kinderbett stehen. Er streichelte seiner kleinen Tochter zärtlich über das winzige blonde Köpfchen und Gisela hörte ihn sagen:

„Ja, du hast Recht. >>Marina<< das passt gut!"

„Gisela, meine liebste Prinzessin, ich liebe Dich. Ich werde immer bei Euch sein. Danke, meine Prinzessin, für dieses einmalige Geschenk. Passe gut auf die Kleine und auf Dich auf. Ich werde immer in Deiner Nähe sein und Dir helfen."
Er lächelte Gisela zu.- - -

Der Traum war Gisela so nahe, dass sie einen Moment dachte, Nick sei wahrhaftig da gewesen.

Sie fühlte sich einen Moment durcheinander, als die Schwester das Abendbrot in das Zimmer trug und fast beiläufig sagte, sie hätte noch immer keinen telefonisch erreicht.

Es war fast 18.30 Uhr.

Die Tabletts wurden abgeräumt.

Eigentlich hatte Nick schon Feierabend, ob er noch etwas erledigen musste? Gisela fühlte sich schlapp; Irgendwie war ihr der Traum immer noch so nahe. Eine innere Unruhe beschlich sie, eine innere Unruhe, die sie sich nicht weiter erklären konnte.

Die kleine Marina war so ein ruhiges Kind, dass man sie beinahe vergessen konnte. Aber da waren ja die Säuglingsschwestern, die alle sehr gut auf die Fütterungs- und Abfertigungs-Zeiten achteten.

Die Nachtschicht löste die Tagschicht ab.

Das mittlere Bett wurde herein geschoben. Die neue junge Mutter hatte mit einem Kaiserschnitt ein Zwillingspärchen zur Welt gebracht.

„Die Kleinen müssten noch etwa 14 Tage im Brutkasten bleiben", sagte die Schwester, "wenn etwas anliegt, klingeln Sie bitte!" Sprach es und war wieder eilig aus dem Zimmer.

Gisela schaute auf die Uhr. 22.00 Uhr, da würde Nick es heute leider nicht mehr schaffen, her zu kommen.

„Sicher wollte er so spät die anderen auch nicht mehr stören... Ach, ich liebe Dich, Nick, gute Nacht, bis morgen dann"

Gisela versuchte zu schlafen, aber sobald sie die Augen schloss, sah sie Nick vor sich. Immer lächelte er sie an. „Ja, Du bist bei mir, Liebster!" dachte sie und schlief dann doch noch irgendwie ein.

* * *

Vergiß mein nicht:

Leise wurde Gisela von der Nachschwester geweckt: „Sie müssen die Kleine anlegen.". Gisela schlug die Augen auf und empfing ihr Kind.
Die Schwester rückte ihr die Kissen zurecht, und nahm ihr das Kind nach dem Stillen wieder ab. Sie wickelte es und legte es wieder in das Bettchen.
„Ist das ein liebes Kind", sagte sie staunend.

Gisela konnte nichts dafür. Sie schloss die Augen und sah Nick wieder lächelnd am Säuglingsbettchen stehen. Sie dachte immerzu an Nick.
„Sicher wird er morgen noch vor der Arbeit herkommen", dachte sie. Mit diesem Gedanken schlief sie dann wieder ein.

Am Morgen wurden alle Patientinnen früh geweckt. Blutdruck-/ Pulsmessungen, Bettmachen, Säuglinge versorgen, danach kam das Frühstück.

Cecilie Schneider, fragte: „Frau van Dor, Sie haben heute Nacht wohl etwas unruhig geschlafen -
Immerzu riefen sie Nick oder so. Hatten Sie einen schlechten Traum?"

„Oh, ich kann mich an nichts erinnern, aber irgendwie fühle ich mich nicht so gut." antwortete Gisela.
„Vielleicht hat mich die Geburt doch ein wenig angestrengt. Nun ja, es wird bald wieder besser gehen."

Verena stöhnte. „Oh mir ist so schlecht! Bitte ruft noch mal die Schwester.

Durch die verschiedenen Ereignisse im Zimmer verging die Zeit so schnell, dass ruckzuck der Zeiger der Uhr auf 9.30 Uhr stand.

Nick war immer noch nicht gekommen. Gisela bat die Schwester, noch mal zu Hause anzurufen.

Unterdessen trat der Freund von Verena mit einem Klopfen ins Krankenzimmer. Er brachte ihr einen riesigen Rosenstrauß. Stolz zog er die Tageszeitung aus der Tasche und zeigte Verena die Geburtsanzeige des Zwillingspärchens. Total aus dem Häuschen, trotz Schmerzen umarmte sie ihren Freund Jonas. Er gestand ihr, dass er sich extra zur Nachtschicht hätte einteilen lassen, damit ihm diese Überraschung auch glücken konnte. Jonas arbeitete in der Redaktion bei dem örtlichen Blättchen.

Dann las er laut vor:

Die Zeugen

**Jonas
übergroßer
Liebe**

**zu Verena
wurden
heut´ geboren:**

*Romulus
und Ramona*

**In Dankbarkeit:
Verena und Jonas**

Die glücklichen Eltern

Verena hatte Tränen des Glücks in

ihren Augen als sie zu Jonas empor sah. Jonas wedelte mit der Zeitung herum.

Er freute sich so sehr, dass ihm diese Überraschung gelungen war.

„Lasst mich auch mal sehen", bat Cecilie Schneider „ach, ist das schön. So eine nette Idee. Nein, aber auch, dass Sie das so schnell auch hin-bekommen haben, Wahnsinn!" staunte sie.

„Schade, eigentlich, bei mir wird sich niemand so etwas Schönes ausdenken." fügte sie etwas traurig hinzu.

Gisela wurde die Anzeige auch präsentiert. „Nun, die Idee ist ja wirklich ausgefallen. – Am gleichen

Tag der Geburt in der Zeitung, - dass das gegangen ist, wirklich toll." bewunderte auch sie die Tat des jungen stolzen Vaters.

Umso mehr dachte sie an Nick. Unbedingt musste sie versuchen, zu Hause jemanden zu erreichen. Großmutter musste doch wenigstens da sein.
In Gedanken schlägt sie eine Seite der Zeitung um.

Ihr Blick fällt auf ein Bild, das die Überschrift trägt – << *Tödlicher Unfall auf der Kreisstrasse direkt an der Baustelle* >> -
in Gedanken liest sie gezwungener Maßen irgendwie weiter … und weiter.

<< *Auf dem Weg zur Arbeit beachtete ein 44 Jähriger nicht die Ampel-Vorfahrtschaltung auf der Kreisstrasse in Höhe der derzeitigen Baustelle. Er fuhr mit seinem Kleinwagen als Geisterfahrer frontal in einen LKW. Der Mann war auf der Stelle tot. Die LKW-Fahrerin wurde leicht verletzt. Der Sachschaden beträgt ca. 5000,-- EUR.* >>

Gisela las diesen Artikel wieder und immer wieder. Sie sah wiederholt das Bild an. Obwohl das Fahrzeug als Totalschaden anzusehen war, erkannte sie es doch als ihren eigenen kleinen PKW.
Gisela konnte nicht glauben, was da in der Zeitung geschrieben stand.
Gisela las, nein sie las nicht mehr, sie starrte auf die Zeitung.

Nick, ihr geliebter Nick, sollte nie mehr zu ihr kommen? Sollte niemals seine kleine Prinzessin kennen lernen? Nein, nein, das darf doch nicht sein.

„N - e - i - n !" Gisela merkte nicht, dass sie „nein" und immer wieder „nein" schrie.

Cecilie Schneider drückte auf die Notklingel, als sie sah, dass Gisela totenbleich dann nur immer noch „nein", „nein" stammelte und immer wieder: „nein", „nein"…

Jonas hob die Zeitung auf, die Gisela aus den Händen geglitten war.

Schwester Sabine kam herein. Ihr fragender Blick blieb auf Gisela hängen.

„Was ist Frau van Dor?" – Gisela gab keine Antwort. Sie schaute mit leeren

Blicken auf ihr Kind und stammelte nur immer wieder „nein", „nein" …

„Was ist denn passiert?" fragte Schwester Sabine in die Runde.

„Ich weiß auch nicht", sagte Jonas stockend, „ich hatte meiner Freundin die Geburtsanzeige unserer Zwillinge als Überraschung mitgebracht.
„Hier", er hielt die Zeitung hoch. „Frau Schneider und Frau van Dor hatte ich sie auch gezeigt, mehr weiß ich auch nicht." So wie er sie hoch hielt, fiel sein Blick auf die offene Seite, direkt auf das Unfallbild.
„Aber", Jonas stockte. - Nach einer zögerlichen Pause, „Ich weiß nicht, ob das vielleicht was mit diesem Unfall zu tun hat?" fragte er nachdenklich.

Schwester Sabine nahm die Zeitung in die Hand. Aufmerksam sah sie sich das Bild an und las den darunter stehenden Text.

„Das kann ich auch nicht sagen. Wir können ja mal bei der Polizei anrufen. Die müssten uns doch bestimmt näheres mitteilen können."

„Frau van Dor? Bleiben Sie ganz ruhig. Frau Doktor Ranke kommt gleich mal zu Ihnen."

„Nein", „nein", „nein" stammelte Gisela nur immer wieder.

Schwester Sabine bat die Ärztin dringend, nach Frau van Dor zu sehen, die möglicherweise einen Schock erlitten hätte.

* * *

Schwester Sabine rief selbst bei der Polizeistelle an.

Sie war sehr aufgeregt, weil sie es so traurig fand, wenn wirklich der Vater dieses kleinen süßen Mädchens
so plötzlich tot sein sollte…

Der Polizist am anderen Ende der Leitung sagte, dass er telefonisch keine Auskunft wegen Datenschutz geben könnte. Allerdings würde er gleich einmal zur Station rüber kommen, vielleicht könnte er in der Sache etwas aufnehmen.

Tatsächlich kamen zwei Polizisten; POM Meier stellte sich Schwester Sabine vor, als der Gesprächspartner im vorherigen Telefongespräch.
Gemeinsam mussten sie feststellen, dass es sich bei dem Toten dieses Unfalles tatsächlich um Nick van Dor,

um den Gatten der Patientin Gisela van Dor und den Vater des süßen kleinen Mädchens, der kleinen „Marina" handelte.

Da Nick van Dor der schuldhafte Unfallverursacher war, müssten sie sich mit den nächsten Angehörigen, in diesem Falle, der Ehefrau, in Verbindung setzen.

Schwester Sabine bat die beiden Polizeibeamten, eigens in dieser Sache später noch einmal zu kommen, da Frau van Dor einen Schock erlitten hätte.

„In diesem Zustand ist Frau van Dor derzeit nicht weiter belastbar." sagte auch die Ärztin, die gerade von Gisela, die sie in dieser Hinsicht auch medikamentös versorgt hatte, kam.

POM Meier erklärte sich sofort
einverstanden.   Er   versprach
Schwester Sabine,   später wieder-
zukommen; Sein Kollege nickte
zustimmend.

* * *

Frau Dr. Ranke veranlasste Schwester Sabine, die kleine Marina in ihrem Bettchen auf der Säuglingsstation unterzubringen. Frau Dr. Ranke hatte Gisela van Dor zunächst einmal eine Beruhigungsspritze verabreicht und für sie 24 Stunden Beobachtung auf der Intensivstation angeordnet.

Schwester Sabine sollte nochmals versuchen, einen Verwandten zu Hause telefonisch zu erreichen.
So oft sie auch versuchte, es meldete sich niemand am anderen Ende der Leitung.
Kurzentschlossen, schrieb sie sich die Adresse und Telefonnummer auf und nahm sich vor, gleich nach Feierabend dort persönlich einmal nach dem Rechten zu schauen.

Gleich war es ja soweit. Vielleicht konnten ja die Nachbarn eine hilfreiche Auskunft geben.

Wie sie sich den Zettel gerade in die Tasche schiebt, klopft es an die Tür.
POM Meier lugte etwas unsicher durch den Türspalt. „Ah, Schwester Sabine, ich will ja nicht aufdringlich sein. Aber Sie haben doch gleich Feierabend. – Dürfte ich Sie da wohl bitten, mich zu begleiten? –
Warten Sie mal, ich möchte Ihnen erst mal erzählen, worum es geht.
- Also, meine Kollegen, die gestern den Unfall von Herrn van Dor aufgenommen hatten, haben mir erzählt, dass da nur eine alte Frau zu erreichen war. Der hätten sie schließlich auch die Todesnachricht vermeldet. Aber nun würde sich doch ihr Gewissen melden, dass sie die alte

Dame mit dieser Schreckensbotschaft allein gelassen hätten.

Wissen Sie, Schwester Sabine, da habe ich gedacht, ich könnte vielleicht gleich mal dort vorbeifahren. Würden Sie mich evtl. begleiten?

Ich meine, - die alte Dame – wenn ihr vielleicht nicht so gut ist – und … ich meine halt: Sie sind doch Krankenschwester."

„Na, das trifft sich ja", erwiderte Schwester Sabine." Gerade habe ich mir die Adresse und Telefonnummer notiert, weil ich dasselbe vorhatte.

Nun, da begleite ich Sie gern, so bin ich wenigstens nicht allein in meiner Aufregung und Sorge.

Warten Sie, ich bin sofort fertig; Ich ziehe mich nur schnell noch um.

Die Anschrift kennen Sie dann ja wohl, nicht wahr?"

Nach ein paar Minuten kam Sabine ohne Schwesternkleidung – in einer blauen Jeans, bequemen Sportschuhen, gelbem T-Shirt, locker die langen Ärmel ihres blauen Pullis über der Brust verschlungen, mit schnellem Schritt: „So, wir können!"

Die beiden eilten die Treppen hinunter. Sie brachten es beide nicht fertig, auf den Fahrstuhl zu warten. – Keine Zeit wollten sie verlieren; das hatten sie zwar nicht abgesprochen, aber scheinbar waren sie sich darin einig.

„Dort hinten steht mein Auto", POM Meier steuerte geradewegs auf einen dunklen Kombi zu. Dort angekommen, „Warten Sie, ich öffne Ihnen die Tür!"

Er hielt Sabine die Tür auf und sagte: „Bitte sehr… Im Übrigen, ich heiße Rolf…,
Rolf Meier. Nur, damit Sie wissen, zu wem Sie ins Auto steigen."

„Ach ja? Danke!" Sabine stieg in das Fahrzeug. Rolf Meier ging um das Auto herum, nahm auf dem Fahrersitz Platz und… sogleich seine begonnene Rede wieder auf: „Ich bin 30 Jahre, nicht verheiratet, habe auch keine Kinder. Nur zur Info, damit Sie keine Angst haben, sich evtl. mit einer eifersüchtigen Ehefrau auseinander setzen zu müssen."

„Ach so? Ja dann!" Sabine, obwohl aufgeregt, lächelte versteckt amüsiert in sich hinein. Fast musste sie sich bemühen, ein ernstes Gesicht zu machen.

Während der Fahrt blickte Rolf immer wieder verstohlen auf seine nette Beifahrerin. Sie redeten kein Wort mehr auf der Fahrt miteinander und Rolf fragte sich insgeheim, ob seine Idee wirklich so gut gewesen ist.

Am Ziel „Zum Wäldchen 1" angekommen stiegen beide aus dem Fahrzeug. Rolf ging voran.
Er öffnete das niedrige Gartentor, ließ Sabine eintreten, und schloss es wieder hinter sich. Zusammen gingen sie den schmalen Weg, der sie zur Haustür führte, links und rechts von Blumen eingefasst.

Rolf klingelte, Sabine hinter sich wissend. Beide warteten nun hoffend, dass ihnen die Haustür aufgetan würde.

Nach einiger Zeit wurde die Tür tatsächlich geöffnet. Eine alte blasse Frau stand fragend in der Türöffnung.

Da trat Sabine gleich aus dem Schatten Rolfs hervor: „Verzeihen Sie, wir möchten Sie nicht erschrecken. Eigentlich ist es so, dass wir, also Herr Meier und ich, mal nachhören wollen, warum sich niemand am Telefon meldet."

„Nicht am Telefon meldet? Also ich warte schon die ganze Zeit lang auf einen Telefonanruf vom Krankenhaus. Wissen Sie, meine Prinzessin, meine einzige Enkelin, ist gestern schon von ihrem Mann zur Entbindung ins Krankenhaus gebracht worden. Ich erwarte bald einen Anruf, ob das Baby da ist und ob es meiner Prinzessin und ihm gut geht."

„Ja, wenn das so ist, ich bin Schwester Sabine von der Säuglingsstation. Ich hatte gestern bereits und auch heute einige Male versucht, hier anzurufen, aber es hat sich niemand gemeldet."

Großmutters Augen wurden immer größer. Langsam füllten sie sich mit Tränen: „Ist das Baby da, und geht es meiner Prinzessin gut? Ist es ein Mädchen geworden oder ein Junge? Nun da kommen sie doch herein. – Großmutter weinte plötzlich bitterlich.

„Es ist ein Mädchen geworden. Mutter und Kind haben die Geburt gut überstanden." sagte Sabine mit einem Seitenblick auf Rolf, der ihm bedeuten sollte – sag jetzt bloß nichts anderes.

Großmutter ließ sich in den Sessel fallen. Ihr Gesicht verbarg sie zitternd in ihren Händen.

Sie weinte und weinte.

Schwester Sabine nahm sie tröstend in den Arm. Langsam spürte sie, wie Großmutter ruhiger wurde und das schüttelnde Weinen nachließ.

Rolf stand hilflos dabei. Er wusste im Moment nicht was er machen sollte und war froh, dass Schwester Sabine mitgekommen war.

Tränenverhangen sah Großmutter auf Rolf „Würden Sie denn... könnten Sie vielleicht mal nachsehen, ob das Telefon wirklich nicht funktioniert?"

Rolf fand das Telefon im Flur. Er nahm den Hörer ab. Nichts hörte er. Kein Freizeichen. Tot war die Leitung scheinbar. Er sah auch noch nach, ob der Kabelstecker Kontakt hatte. Ja, das hatte er.

Da rief er gleich die Störungsstelle an und meldete den Teilnehmeranschluss als gestört.

Nach einigen Minuten klingelte das Telefon. Rolf ging gleich dran, weil er dachte, dass dies die Störungsstelle sein könnte.

Tatsächlich!

- Sie wollten nur melden, dass die Störung gefunden und beseitigt worden sei, so dass das Telefon nun wieder ordnungsgemäß funktionieren würde.- Rolf dankte, legte den Hörer wieder auf. Er informierte Großmutter und Sabine, dass mit dem Telefon nun wieder alles in Ordnung wäre.

Großmutter erzählte den beiden unter Schluchzen, dass der Vater des Babys, also der Ehemann ihrer Prinzessin gestern tödlich verunglückt sei. Sie wisse auch nicht, wie sie dies ihrer Prinzessin nahe bringen sollte.

„Ja, das ist es ja gerade. Deswegen sind wir auch hier. - Wir wollen Sie bitten, Ihre Enkelin im Krankenhaus aufzusuchen. Frau van Dor, ich glaube, Ihre Enkelin braucht Ihren Beistand.
Wissen Sie, Frau van Dor hatte die Nachricht von Tod ihres Mannes unglücklicherweise aus der Zeitung entnommen und einen Schock erlitten. Die Stationsärztin, Frau Dr. Ranke, gab ihr wohl eine Beruhigungsspritze und hat sie auf die Intensivstation verlegen lassen, aber vielleicht

können Sie ihr ja besser helfen. Sie haben doch eine viel nähere Bindung zu ihr als wir.

Das Kleine ist zurzeit auf der Säuglingsstation sicher untergebracht."

„Nicht wahr?" Sabine schaut bedeutungsvoll zu Rolf, „wenn Sie es schaffen wollen, fahren **wir** Sie gleich hin zum Krankenhaus."

Rolf nickte nur zustimmend.

„Ja wenn Sie das wirklich tun wollen!". Großmutter nimmt aufgeregt, jedoch sehr gerne dies Angebot an.

- Natürlich, wenn ihre Prinzessin in Not ist, sie muss zu ihr. Nick ist nicht mehr. Da muss ich jetzt umso mehr aufpassen... und das Kleine wieder auf der Säuglingsstation...

Mein Gott... was hast Du bloß geschehen lassen, warum das alles?
Großmutters Gedanken überschlugen sich förmlich.

„Meinen Sie jetzt sofort?" fragte Großmutter fast ungläubig. „Ja, je eher, desto besser", sagten die Beiden wie aus einem Mund.
Sie schauten sich übereinstimmend aufmunternd an.

* * *

Alle zusammen kamen also auf der Intensivstation an. Schwester Sabine meldete ihrer Kollegin dort, dass sie die Großmutter von Gisela van Dor mitgebracht hätten, damit diese ihrer Enkelin helfen sollte, den plötzlichen Tod ihres Mannes zu verarbeiten.

Die Stationsärztin gab ihre ausdrückliche Genehmigung dazu.
Alle zusammen suchten sie Gisela auf und fanden sie unruhig schlafend.
Als Großmutter ihre Prinzessin so liegen sah, wusste sie genau, dass sie nun bei ihrer Prinzessin bleiben musste, bis es ihr wieder besser ging.

Sie bat darum, dass sie neben dem Bett sitzen bleiben dürfte. Die Ärztin war froh darüber und erlaubte es.
Schwester Sabine und POM Rolf Meier verabschiedeten sich von

Großmutter, der Stationsärztin und dem anderen Krankenhauspersonal.

Rolf wollte Sabine noch in ein Café einladen. Sabine aber bat ihn, ihr bitte nicht böse zu sein, wenn sie diesmal die Einladung dankend ablehnen würde.
„Ein andermal, bestimmt gerne" sagte sie und Ihr freundliches Lächeln deutete ihm, dass er sich darauf freuen dürfe.
Rolf fuhr Sabine bis vor ihre Haustür in den Rosen Weg Nr. 22. Sie stieg aus, dankte ihm und verabschiedete sich mit ein paar freundlichen Worten, klickte die Autotür leise ins Schloss und entfernte sich mit müden Schritten.

Rolf sah durch den Rückspiegel, wie Sabine ihm noch einmal winkte. Glücklich winkte er zurück. –

Bis bald! – wünschte er sich leise flüsternd.

* * *

Zwei Tage war Großmutter bereits im Krankenhaus und wachte an Giselas Bett. Sie schlief immer noch und wollte scheinbar gar nicht aufwachen. Die Stationsärztin hatte ihr eine lebensrettende Infusion angeschlossen, damit sie nicht austrocknen und womöglich verhungern würde.

***

Schwester Sabine hatte Großmutter gerade einen heißen Tee gebracht und war wieder aus dem Zimmer geeilt, als Gisela die Augen endlich aufschlug. Schwach nahm sie wahr, dass sie in einem schmalen Zimmer war, in dem kein anderes Bett mehr stand, als das, in dem sie selbst lag.

Sie überlegte, wie sie in dieses fremde Zimmer gekommen sei. Plötzlich sah sie wieder alle vergangenen Geschehnisse vor sich; sie zogen wie im Zeitlupentempo an ihrem inneren Auge vorbei. Die Gedanken an ihr Kind kamen zurück:
„Ja, wo ist sie, meine kleine Marina, wo ist das Kinderbettchen?
Nick, Nick", rief sie "wo ist unser Kind?"

„Ach Kind, Prinzessin", Großmutter lief so schnell sie konnte zu Gisela.

„Oh, Großmutter, weißt Du es schon? Weißt Du schon, dass Nick einen Unfall hatte. Ist er wirklich tot? Großmutter, oh mein Gott… hilf mir doch!"
Fest schloss Großmutter ihre Prinzessin in die Arme. Auch ihr liefen die Tränen ungehalten aus den Augen und bildeten sich zu einem Kloß in ihrer Kehle. Ihr Hals war wie zugeschnürt, sprechen konnte sie nicht.

Gisela weinte und weinte, und Großmutter wiegte sie wie ein kleines Kind im Arm.
Waren es Minuten, Stunden;
Die Zeit wusste es selbst nicht genau.
Und trotzdem heißt es:

- Die Zeit heilt alle Wunden -

Irgendwann ging die Tür auf. Die Stationsärztin kam herein. Sie sah, dass Gisela van Dor aufgewacht war und sich scheinbar schmerzlich in ihr Leben wieder eingefunden hatte. Sie untersuchte Gisela, als sie endlich zu weinen aufgehört hatte.
Gisela wünschte sich, dass ihr Kind, die kleine Marina, wieder bei bleiben durfte.
„Meinen Sie, Frau van Dor", dass Sie nun Ihr Schicksal meistern werden? Fühlen Sie sich jetzt schon stark genug?"

Gisela wischte sich noch mal über die nassen Augen, als wollte sie alle restlichen Tränen verjagen. „Ja, ich muss jetzt für mein Kind stark sein!" sagte sie.

„Ich werde ihr helfen, Gott gibt uns die Kraft dazu", meinte Großmutter noch dazu.

„Wollen Sie nach Hause, oder möchten sie noch ein paar Tage in der Klinik bleiben, dann lasse ich Sie auf die Entbindungsstation zurückverlegen." schlug die Ärztin vor.

Aber Gisela wollte lieber nach Hause. Jetzt, wenn Nick nicht mehr da ist, sie wusste nicht, was sie alles zu erledigen hatte. Aber dass einiges auf sie zukommen würde, das ahnte sie schon.

„Ja gut", sagte die Ärztin, dann lasse ich ihre Entlassung für morgen vorbereiten.

„Oh, bitte", können Sie mich denn vielleicht auch heute schon entlassen? Wissen Sie, mein Mann ist tödlich verunglückt. Ich möchte einfach gern mit unserem Kind und der Großmutter nach Hause. Wir könnten ja auch ein Taxi nehmen.

Bitte, schauen Sie mal…
Die Entlassungspapiere kann ich auch morgen abholen" bat Gisela. „Hier finde ich nun keine Ruhe mehr…"
Das sah die Ärztin ein und veranlasste, dass Schwester Sabine die kleine Marina zu ihrer Mutter brachte.

Sabine schob Gisela van Dor einen Zettel mit ihrer Telefonnummer zu.
„Wenn Sie mal einen Babysitter benötigen sollten, rufen Sie mich einfach an, ja?"

Großmutter staunte über ihr erstes Urenkelchen „Marina". – So ein hübsches Kind – und kein Vater mehr, oh Gott, oh Gott – schade – schade - dachte sie.

Sie nahm die kleine Marina auf den Arm, da zuckte es wie ein Lächeln um das kleine Mündchen.

Dann streckte Gisela ihre Arme nach ihrer Kleinen aus, das Wichtigste, was ihr von Nick geblieben war. Sie wollte es beschützen und immer für es da sein.

Alles Leid wollte sie von ihrem Kind fernhalten. Sie musste und sie wollte es schaffen.

Für ihr Kind wollte sie es schaffen –
und mit Nicks Hilfe, vielleicht auch
Großmutters und Gottes Hilfe würde
es gehen…

***

Gisela fühlte, dass der Weg, der vor ihr lag, ein beschwerlicher sein würde.

* * *

Nun war Gisela mit Baby und Großmutter wieder zu Hause angekommen. Der Taxifahrer hatte ihnen die Taschen ausnahmsweise ins Haus getragen, sein Fahrtgeld kassiert und war rasch wieder weg.

Da standen sie nun, in dem Haus. So leer schien es, wo einst das Glück gewohnt hatte. War es nun mit Nick fort gegangen?

Gisela wusste nichts mehr so richtig. Sie nahm sich fest vor, dass auch für Ihr Baby, die kleine Marina, das Glück hier wohnen sollte. Sie durfte trotz ihrer unbeschreiblichen Pein, nicht ihr Kind vergessen. Nein, jetzt wollte sie, auch im Namen des Vaters, an ihr gemeinsames Kind denken und dies von nun an als die wichtigste Aufgabe Ihres Lebens ansehen.

Sie dachte an den Moment, als Nick im Traum, zum Greifen nah bei ihr war, und er hatte ihr gesagt – ich werde Dir helfen, ich werde immer bei Euch sein! –

„Oh Nick!", dachte sie, schloss die Augen – und wieder sah sie Nick vor sich. Er lächelte sie wieder an – Du schaffst es, ich bin bei Dir –

Gisela und Großmutter brachten die Kleine in das Kinderzimmer, das von Nick für das neue „Erdenbürgerlein", wie er das werdende Leben liebevoll genannt hatte, eingerichtet worden war. Marina lächelte, als sie in ihrem Himmelbettchen lag, das ihr Vater für sie eigenhändig angefertigt hatte.

Gisela beschlich ein eigentümliches warmes Gefühl, und Großmutter ging es so ähnlich.

Beide sagten nichts aber dachten genau im gleichen Moment:

Sie lächelt schon wie Nick.

* * *

Nach einigen Tagen bekam Gisela van Dor unangenehme Post. Einen Brief von der Polizei, einen von einem Rechtsanwalt und einen von der Versicherung. In allen Fällen ging es um Nicks Unfall. Die Polizei informierte bei welchem

Abschleppunternehmen das kaputte Auto stand; Der Rechtsanwalt stellte sich als Rechtsvertretung der Unfallgegnerin direkt mit einer Rechnung über 2 000,- EUR vor;
Und die Versicherung schickte Unfallformulare, die ausgefüllt und zurück geschickt werden sollten.

Das muss Zeit haben, bis nach der Beerdigung, dachte Gisela. Wie sollen wir morgen den Tag überstehen, den aller schwersten in meinem Leben.

„Ich muss stark bleiben, für unser Kind, Nick!" dachte sie. Sie schloss die Augen und wieder sah sie Nick, ihr zulächelnd.

Der Alltag zu Hause forderte sie. Zwar hatte Großmutter ihre Prinzessin, wie zuvor verwöhnen wollen. Aber Gisela war zu sehr in sich gekehrt. Sie aß kaum und mit wenig Appetit, die leckeren Dinge, die Großmutter zubereitet hatte. Gisela war froh, dass Großmutter da war und so viele Dinge im Haushalt erledigte, die sie jetzt bestimmt alle nicht geschafft hätte.

Ihre eigenen Eltern waren selbst nicht so gesund und hatten mit sich gegenseitig zu tun.

Ihre Eltern waren ihr also keine Hilfe. Außerdem wollten die beiden schon immer nur für sich sein. Daran hatte Gisela sich ja gewöhnt und respektierte dies auch.

* * *

Am nächsten Tag um 11.00 Uhr sollte Nick nun beerdigt werden.
Gisela hatte mit Großmutter einen schlichten Sarg ausgesucht.

Sie selbst lief noch einmal den Weg entlang, den sie mit Nick beim letzten Mal gegangen war. Von rechts und links des Weges pflückte sie ihm Blumen. Großmutter zauberte davon wieder eines Ihrer schönsten Gestecke.
Dieses wollten sie Nick zu seinem letzten Geleit mitgeben.

Spät abends fielen die beiden Frauen in ihre Betten. Beiden ging es erbärmlich schlecht, und sie hofften, dass sie den morgigen Tag halbwegs überstehen würden.

Erbarmungslos tickte die Uhr weiter…

Das Beerdigungsinstitut hatte Gisela abgeraten, Nick noch einmal anzusehen. „Behalten Sie ihren Mann so in Erinnerung, wie Sie ihn kennen!" rieten sie Gisela.

Also beschloss Gisela, ihre Erinnerung an Nick nicht durch einen leblosen Korpus verformen zu lassen. Sie wollte mit ihm reden und wenn sie die Augen schloss, ihn sehen, wie sie ihn immer gesehen hatte.

Großmutter und Gisela zogen sich ein paar warme Sachen an. Es war ihnen kalt und auf dem Friedhof würde ihnen wohl noch kälter sein.

Gisela hüllte auch die kleine Marina warm ein und legte sie in den Kinderwagen. Das von Großmutter geschaffene Blumengesteck packte sie auf den Wagen.

Dann legt sie Großmutter fürsorglich noch einen Schal um, damit sie sich auf dem windzugigen Friedhof nicht erkälten sollte; Die Regenschirme schob sie unten in den Kinderwagen.

„Den Frommen regnet's in das Grab, den Gottlosen auf dem Hochzeitstag!"

Es würde also wahrscheinlich regnen.
Großmutter nahm ihre Handschuhe, die Handtasche, und schloss die Haustür ab.

Die kleine Trauergesellschaft zog nun zum Friedhof. Sie hatten keinen langen Weg und brauchten sich nicht zu beeilen.

In der kleinen Kapelle stand der verschlossene Sarg mit ihrem Nick.

Gisela verharrte stumm und hielt eine letzte obererdige Zwiesprache mit ihrem Geliebten. Ihr Gesicht war wie versteinert und durch ihre Tränen nassen Augen konnte Gisela gar nichts mehr richtig sehen.

Nick hatte mal zu ihr gesagt: „Prinzessin, Du darfst nie weinen, denn wer weint, der kann nicht mehr klar sehen." Langsam versiegten Giselas Tränen. Sie wollte und musste klar sehen.

„Ich danke Dir, Liebster" fügte Gisela Ihren Gedanken an Nick zu, „für all Deine Liebe... für Deine Zeit bei mir; Und ich werde achtgeben auf Dein mir nun überlassenes einziges Erbe.

Schau sie Dir noch mal an Deine kleine Tochter „Marina".

Gisela legte das wunderschöne Blumengesteck vor Nicks Sarg ab,
zog die Decke über Marina etwas zurück, so dass Nick seine kleine Tochter hätte sehen können.
Einen Moment verharrte sie so, dann deckte sie das Kind wieder vorsorglich zu. Die Kleine schlief und es schien, als ob sie lächelte.
Großmutter hatte sich auf einen der Stühle in der ersten Bank gesetzt.
Gisela schob den Kinderwagen weiter und setzte sich neben Großmutter.

Irgendwann war der Pastor da, er redete und betete, dann gingen die beiden Frauen wie Marionetten hinter dem Pastor und dem Sarg her, der zu seiner letzten Ruhestätte geleitet wurde. Sie nahmen auch nicht wirklich wahr, dass der Pastor ihnen die Hand zur Beileidsbekunden schüttelte. Langsam aber sicher öffnete sich ein Regenschirm nach dem anderen.

Gisela stand da und merkte nicht, dass ihr der Regen wie Tränen über das Gesicht lief.

Unter dem Trauerzug befanden sich Schwester Sabine und POM Rolf Meier. Sabine übernahm den Kinderwagen und Rolf hakte die beiden Damen unterstützend ein. Er hielt einen großen Regenschirm unter dem alle drei Platz hatten. Gisela und Großmutter tat es gut, dass jemand da war, der sie stützte.

Zusammen kehrten sie alle in das kleine Häuschen, Zum Wäldchen1, ein.

Sabine bereitete in der Küche einen starken Kaffee und versorgte die kleine Marina.

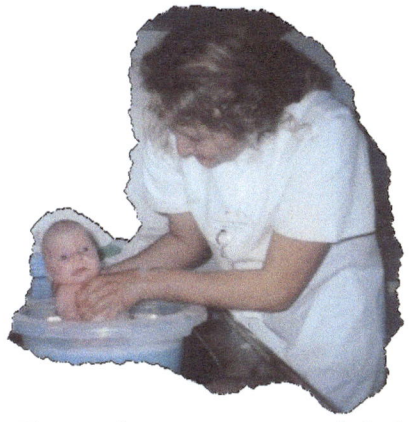

Gemeinsam unterhielten sie sich noch etwas. Abends gingen Rolf und Sabine dann nach Hause.

Diesmal nahm Sabine die Einladung von Rolf an.

* * *

Einige Jahre waren durch das Land gezogen.

Das Schicksal hatte Sabine und Rolf zueinander geführt und hatte sie ihre Liebe füreinander entdecken und auch heiraten lassen.

Die beiden besuchten Gisela und Großmutter nun öfter zuhause in dem kleinen Häuschen.

Sabine war für Gisela inzwischen eine gute Freundin, und für Marina eine liebe Tante geworden. In Großmutters Herz hatte Sabine auch Einzug gehalten, weil sie besonders spürte, dass Sabine ein gutes Herz hatte und so gut wie sie mit der Kleinen umging, konnten das auch andere sehen.

Marina war unterdessen schon vier Jahre alt geworden. Seit sie in den Kindergarten gehen durfte, wurde sie manchmal von Sabine und manchmal von Mama dorthin gebracht.

Das Leben ging tatsächlich einfach irgendwie weiter. Gisela arbeitete wieder. Großmutter aber, war nicht mehr die starke Großmama. Wegen mancher Gebrechlichkeiten konnte sie nicht mehr so wie sie wollte, aber sie verrichtete immer noch die Hausarbeiten und gestaltete die schönsten Blumengestecke, wie sie es vermochte. Die kleine Marina entwickelte sich dabei als ihr beständiger Sonnenschein.
Doch es folgte die Zeit, dass Marina das schulpflichtige Alterin die Schule kam.

Marina zeigte sich als ein stets freundliches, williges, wissbegieriges und kluges Kind.

In der Schule war sie beliebt bei Mitschülern und Lehrern. Stets brachte sie gute Noten mit nach Hause. Auch ihrer Mutter, ihrer Urgroßmutter, sowie Ihrer geliebten Tante Sabine bereitete sie nur Freude.

Als intelligentes Kind sollte sie natürlich auch zum Gymnasium und später vielleicht studieren.

Alles kam so…

Marina studierte in München.
Eines Tages
bekam sie einen Brief

von Mama:

„*Mein geliebtes Kind!*

Ich hoffe, dass es Dir in München gut geht. Sicher bist Du, wie immer fleißig.

Leider muss ich Dir diesmal etwas für uns Trauriges mitteilen:
Deine geliebte Urgroßmutter ist gestern für immer eingeschlafen.
Nun verstehe ich, warum sie sich beeilen wollte, Dir noch ein paar warme Socken zu stricken, und Sie hat es tatsächlich geschafft!

Ich hatte mich gerade zu ihr gesetzt, um mit ihr einen Tee zu trinken. Großmutter sagte: „Warte, ich will eben noch den Faden vernähen, dann sind die Socken für Marina fertig. Ich habe mich so beeilt, weil das Kind immer so kalte Füße hat.“

Großmutter hatte gerade die Socken für Dich fein säuberlich zusammengelegt und nahm die Teetasse, die ich ihr hingeschoben hatte, in die Hand;
Da sank sie auf einmal im Sessel zurück. Die Tasse entglitt ihren Händen und fiel zu Boden.

Großmutter war einfach so eingeschlafen. Ihr letzter Gedanke hatte Dir gegolten. Liebes Kind, sei nicht traurig, auch, weil Du örtlich noch so weit weg bist von uns. Lass Dich davon nicht täuschen; trotz dessen wohnst Du immer in unseren Herzen und bist immer mit uns verbunden.

In Liebe
Deine Mama

PS: von Tante Sabine und Rolf auch viele liebe Grüße

Als Marina den Sinn des Briefes endlich begriffen hatte, weinte sie. Sie weinte, als ihr zum Bewußtsein kam, dass sie ihre Urgroßmama nie wieder sehen würde. Niemals mehr wieder.
Unter Tränen lächelte sie aber dann doch:
„Die Gute, da hatte sie doch tatsächlich noch Socken für sie gestrickt.“

„Liebste Urgroßmama, verzeih mir, dass ich Dich immer angekohlt habe", dachte sie, „all Deine schönen Socken habe ich verschenkt. Zwar immer an liebe Menschen, die sich darüber wahnsinnig gefreut haben. Aber ich wollte Dir einfach nicht sagen, dass ich gegen Wolle allergisch bin. Sonst hättest Du Dich wieder aufgeregt in Deiner Sorge um mich… und das wollte ich doch einfach nicht. Bitte, bitte, verzeih mir…!"

Mit Tränen nassen Augen sah Marina aus dem Fenster und dachte:
<Es wachsen keine Bäume in den Himmel, sonst würde ich daran hochklettern und Dich besuchen, liebste Urgroßmama>

Marina wischte sich die Tränen ab und putzte sich die Nase. Sie drehte sich vom Fenster weg und sah Urgroßmama lebensgroß an der Türe stehen. Marina sah ihre Urgroßmama da stehen und lächeln.
Marina schloss ihre Augen und riss sie wieder auf:
Urgroßmama stand immer noch da und lächelte.

Marina glaubte, zu träumen. Nochmals schloss sie ihre Augen, riss sie wieder auf:
Da sah sie Urgroßmama fortgehen.

Marina schloss wiederum die Augen und riss sie nochmals auf, doch jetzt sah sie nur noch die verschlossene Tür. Sie war sie allein.
Marina weinte.

Doch nun ahnte sie, nein, sie wusste es, dass ihre Urgroßmama sich von ihr doch noch verabschiedet und ihr die kleine Notlüge wohl verziehen hatte.

* * *

Wieder war einige Zeit vergangen.

Marina hatte ihr Studium erfolgreich beendet.

Sie dachte oft an ihre Urgroßmama, Ihr Platz zu Hause schien leer, aber er war nicht wirklich leer…
Sie, Urgroßmama, die nie ein Studium an irgendwelcher Universität absolviert hatte…für sie war immer das tatsächliche Leben ein guter Lehrmeister.

Marina konnte sich jedenfalls nicht erinnern, dass Urgroßmama ihr auch nur eine Antwort schuldig geblieben wäre. Wenn Marina ihr mal eine Frage stellte, die sie vielleicht nicht selbst beantworten konnte, dann ermunterte sie die Fragestellerin immer mit ihr doch mal da nachzuschauen, wo man die entsprechende Antwort bestimmt finden könnte. – und immer fanden sie auch etwas, das einer Antwort nahe kam.

Den Dingen auf den Grund zu gehen, das hatte sich Marina zu Eigen gemacht. Sie wollte Lehrerin werden, und gerade in diesem Beruf fand sie diese Eigenschaft besonders wichtig.

Sie wollte keine gleichgültige Lehrerin werden, die nur auf Pension und gesicherte Stellung aus war.
Nein, sie wollte sich für die Kinder einsetzen.

Marina verglich
kleine Kinder mit jungen Pflänzchen, die noch nach allen Richtungen gestützt werden müssen und zum Licht gedreht, damit aus ihnen gradlinige Menschen werden würden.

Sie wollte dafür sorgen, dass diese kleinen Persönlichkeiten sich richtig entfalten konnten. Sie sollten nicht, wie sie es bei einer Klassenkameradin erlebt hatte, nach einem falschen ersten oberflächlichen Eindruck ihrer Lehrer für ihr Leben auch „falsch abgestempelt" werden.

Das nahm sie sich fest vor.
Marina schickte ihre Bewerbung um eine Schulamtsstelle
in einer Grundschule mit dem entsprechenden Anschreiben auf den Weg.

* * *

Marina hatte nun etwas Zeit. Das nahm sie zum Anlass, endlich mal wieder zu Ihrer Mama in das kleine Häuschen am Waldrand, wo auch die herrlichsten „Orchideen" ungestört blühen, „Zum Wäldchen 1" zu fahren.

Sie packte ihre Reisetasche, stieg kurzentschlossen in ihr kleines Auto.
Sie schaltete das Autoradio ein, um den Verkehrsfunk zu hören und fuhr fröhlich los.

In Gedanken sah sie schon das freudig überraschte liebe Gesicht ihrer Mama vor sich. Ja, jetzt hatte sie wohl etwas länger Zeit. Da könnte sie Mama mal ein wenig verwöhnen. Ihr wieder ein bisschen zurückgeben, von dem, was sie an Liebe von ihr empfangen hatte.
- An wie vielen Muttertagen war sie eigentlich nicht bei ihrer Mutter

gewesen? - Marina überlegte. - Ach eigentlich ist jeder Tag „Muttertag" -

… und jetzt, in der kommenden Zeit kann sie jeden Tag zum „Muttertag" gestalten.

Fröhlich fing sie an zu dichten:

Es ist bald wieder Muttertag,
und weil ich meine Mutter mag,
feier` ich mit ihr,
einmal im Jahr,
den einen,
na, den Muttertag.

Glücklich über diesen Text fängt sie an zu singen, da muss sie so lachen, dass sie noch dazu singt:

Ha ha ha ha ha, der Muttertag ist da,
ha ha ha ha ha, der Muttertag ist da"

Sie ist so gelöst, dass sie fortwährend diesen Text mit der von ihr erdachten Melodie immer wieder anstimmt.

Als sie tanken musste, kaufte sie für ihre liebe Mama ein nettes Blumensträußchen.

Mama würde sich auch darüber bestimmt freuen.

Immer und immer wieder sang sie die Melodie und sie sang und textete immer weiter.

Plötzlich hatte Marina Angst, dass sie doch noch Text und Melodie vergessen könnte, bis sie zu Hause bei ihrer Mutter angekommen wäre.
Nein, sie wollte sich doch lieber alles notieren:

Vers 1
Es ist bald wieder Muttertag,
und weil ich meine Mutter mag,
feier` ich mit ihr,
einmal im Jahr,
den einen,
na, den Muttertag.

Ha ha ha ha ha, der Muttertag ist da,
ha ha ha ha ha, der Muttertag ist da

Vers 2

Einmal im Jahr, es ist so weit,
für meine Mutter hab ich Zeit
zum Kaffee trinken …
Kuchen essen…!
Danach …
ist alles schon vergessen?

Ha ha ha ha ha, der Muttertag ist da,
ha ha ha ha ha, der Muttertag ist da

Vers 3

Ich kauf mich frei mit einem Strauß,
den such´ ich nicht persönlich aus…
Für meine Mutter nur das Beste
an diesem ihrem „ Ehrenfeste"…

Ha ha ha ha ha, der Muttertag ist da,
ha ha ha ha ha, der Muttertag ist da

Vers 4-

Doch ich lieb´ meine Mutter sehr,
gäb´ sie für Gold und Geld nicht
her,
… ist für mich: <u>Mutter jeden Tag</u>
drum hat sie
       täglich Muttertag!

Schlussrefrain:
Ha ha ha ha ha,
    es hat mich sehr gefreut…

Ha ha ha ha ha,

   <u>der Muttertag ist heut !!!</u>

An der nächsten Raststätte hielt
Marina an und schrieb sich geschwind
den Text auf.

Im Restaurant aß sie einen Salat und trank eine Cola.
Danach ging sie noch ein paar Schritte, um auch ihre Muskeln noch ein wenig zu bewegen.

Marina nahm die Natur immer mit offenen Augen wahr.

„Diese Naturschönheiten. Sogar eine verschorfte alte Baumwurzel sieht wie ein wunderschöner Drachen aus", dachte sie.

Langsam ging sie zum Auto zurück.

Als sie wieder ins Auto stieg, um weiter zu fahren, fühlte sie sich topfit. Sie fand es immer wieder schade, so schnell durch diese herrliche Natur fahren zu müssen. Der Herbst, war ihrer Meinung nach der größte Farben-mischer-zauber-künstler:

Die farbenprächtigsten Landschaften, die zauberte er - und täglich anders –
die verschiedensten Braun-, Rot-, Grün-, Gelb- und Goldtöne, manchmal flächendeckend, manchmal bunt untereinander gemischt und immer wieder anderes.

Schade eigentlich, dass diese leuchtende Pracht auch schon wieder halb den Winter ansagte.

Marina konnte sich gar nicht satt sehen an den Naturschönheiten, die mancher gar nicht mal sah.

Marina nahm sich fest vor, mit Mama durch solch herrliche Landschaft spazieren zu gehen.

Dafür brauchte sie ja nicht die gleiche Strecke zu fahren, um solches Farbenspiel zu erleben.

Nein, das gehörte zur Gerechtigkeit der Natur, dass alle Lebewesen, der Mensch vermeintlich vorrangig, diese Herrlichkeiten in ihrer eigenen Umgebung und mit den eigenen Fähigkeiten erleben können – wenn sie wollen, natürlich nur.

Und der Himmel, ach der war auch wieder so schön…

Marina konnte gerade ein Flugzeug
sehen. Natürlich, mit dem Flugzeug
wäre sie schon fast zu Hause.

Ach, Marina fuhr lieber selbst mit ihrem eigenen Auto. Da konnte sie Pause machen, wann sie es für richtig hielt, konnte dichten und singen, ohne dass es jemanden gestört hätte.

Eigentlich hätte ihre Freundin ja mit ihr fahren können, aber Lena hatte in München einen Freund, den Markus, kennen gelernt – und diese beiden wollten sich kaum noch trennen.

„Na ja, verständlich, wenn man so ein Glück findet", dachte Marina.

Marina sah auf ihren Km-Stand;
Die restlichen 200 km könnte sie auf der Autobahn dann nonstop durchfahren, wenn die Straßenverhältnisse und der Verkehr es weiter zulassen würden. Sie freute

sich schon so auf das Wiedersehen mit ihrer Mutter.

Erst im Dunkeln würde sie zu Hause eintreffen. Die Dämmerung hatte ja bereits eingesetzt und es dauerte in der Spätherbstzeit nicht so lange bis es dunkel wurde.

Ob sie doch besser Mama erst noch einmal anrief?

Ach nein, sie hatte ja einen Schlüssel und Mama saß wahrscheinlich noch ein wenig vor dem Fernsehen. Sie rechnete ja erst morgen mit ihr.

Die Dunkelheit setzte schneller ein, als Marina es erwartet hatte. Aber es war irgendwie nicht richtig dunkel.

Dort wo es eigentlich dunkel hätte sein sollen, leuchtete der Mond.

Es war so, als wolle der Mond mit ihr fahren.
Marina war überglücklich.

Noch ein paar Kilometer musste sie hinter sich bringen, dann war sie da.

„Es ist bald wieder Muttertag…"
Marina sang noch mal ihren Text mit
ihrer Melodie:
„…Ha ha ha ha ha,
        der Muttertag ist heut!!!"

Plötzlich klingelte ihr Handy.
„Hallo Kind", hörte sie durch den
Autoradio Lautsprecher. „Bist Du zu
Hause?"

„Nein Mama, ich bin noch unterwegs!
Ich bin wohl gleich zu Hause."

„Kommst Du denn morgen auch
bestimmt, Marina?"

Marina sah auf die Uhr, ja morgen, das war gleich. Sie lächelte tiefsinnig:

„Ja Mama, morgen komme ich bestimmt. Tschü –hüss- s - s"

Marina sang das Tschüss mehr, als dass sie es aussprach, so glücklich war sie. Was würde Mama für Augen machen, wenn sie gleich vor ihr stand.

„Ja, bis dann Kind, pass gut auf Dich auf!" – „Klick" hörte Marina noch. Mama hatte aufgelegt.

Noch zwei Minuten vor Mitternacht. Gleich würde sie da sein, etwa fünf Minuten noch.

* * *

Marina fuhr mit ihrem kleinen Wagen in ihre heimatliche Straße „Zum Wäldchen" ein. Bis zum letzten Haus durchfahren – dann war sie da.

„Drei Minuten nach Mitternacht, also jetzt ist <morgen>", dachte Marina. „Und wie pünktlich, ha ha ha!"

Marina ließ ihr Auto ausrollen, stieg aus, schnappte sich den Blumenstrauß, drückte leise die Tür zu, schlich sich durch das Gartentor bis zum Eingang.
Sie sah schon durch das Wohnzimmerfenster ihre geliebte Mama gerade ihre Wolldecke zusammenlegen, die sie wohl, wie früher schon, über ihre Beine gelegt hatte beim Fernsehen.
Marina hielt den Blumenstrauß hoch und klopfte an die Scheibe.

Mama sah den Blumenstrauß und dann Marina vor dem Fenster stehen. Sie beeilte sich an die Tür zu kommen, um ihr Kind einkehren zu lassen.

Als Mama an der geöffneten Tür stand, fing Marina an zu singen:

„Es ist bald wieder Muttertag…"

Gisela war so gerührt, dass sie gar nichts sagen konnte und hörte ihrem Kind zu, bis Marina zu: „Ha ha ha ha ha, der Muttertag ist heut." gekommen war. Da fielen sich die beiden gegenseitig in die für jeden offenen Arme, und Tränen der Rührung liefen über ihre Gesichter.

Die Mutter wollte ihre Tochter auch gleich noch etwas verwöhnen, aber Marina ließ es nicht zu.
Sie ging mit ihrer Mutter in die Küche und während sie Mama über alles Mögliche erzählte, machte sie sich eine Schnitte. Mama wollte nichts mehr essen.

Gisela brühte unterdessen noch einen Tee auf. Danach blieben sie ein paar Stündchen noch gemütlich sitzen.
Sie hatten sich ja so viel zu erzählen.

Überglücklich, aber dennoch müde, gingen sie diesmal wirklich früh, es war schon morgens, ins Bett.

„Mama schlaf gut, und träum´ was Schönes.

Wenn auch heute Muttertag war, morgen ist wieder einer - und dann wieder – und dann noch einer – und so weiter…
Ha ha ha, lass uns eine schöne Zeit haben."

„Ja, Kind, schlaf auch gut. Ich freue mich schon darauf. Schließlich hatte ich ja auch ein paar Muttertage bereits vermisst." erwiderte Gisela halb schelmig, jedoch der Wahrheit entsprechend.

Gisela gab ihrer Tochter noch einen Gutenacht-Kuss und zog ihr die Decke etwas höher.
„Deck´ Dich gut zu. In der Nacht ist es schon ganz schön kalt. Schlaf gut!"

* * *

Ein paar Stunden später wurden die jüngste „Früh-zu-bett-geherin" von einer strahlenden Sonne geweckt.

Marina bereitete das Frühstück zu und kochte für ihre Mama einen duftenden Kaffee. Den Blumenstrauß stellte sie mitten auf den Tisch und sie zündete sogar eine Kerze an.

Dann ging sie zu Giselas Schlafzimmer, öffnete die Tür einen Spalt breit und sang für ihre Mutter:

„Guten Morgen, Mama"
Es ist schon wieder Muttertag,
und weil ich meine Mutter mag …"

Gisela strahlte aus ihrem Bett heraus.

- Man konnte bald meinen, sie strahlt mit der Sonne um die Wette – und wollte unbedingt gewinnen. -

Marina hielt ihrer Mutter den Morgenmantel hin, damit sie gleich hineinschlüpfen konnte.
Fröhlich hakte Marina ihre Mama unter und Arm in Arm gingen sie zu dem festlich gedeckten Frühstückstisch.

Es folgte eine wundervolle Zeit für die Beiden.

Gleich am Nachmittag spazierten die beiden zum Friedhof.

Gisela hatte die beiden Gräber gut gepflegt und es leuchteten kleine Lichtlein in den Grablaternen.

Nun stand sie Arm in Arm mit ihrer nun schon erwachsenen Tochter vor Nicks Grab. Still hielt sie Zwiesprache mit ihrem bis über den Tod hinaus Geliebten:

„Hier Nick, sieh, was aus unserem Kind geworden ist. Bist Du auch zufrieden, so wie ich?" Gisela lächelte Marina zufrieden an.

Als sie wieder zu dem Grab sah, meinte sie, Nick lächeln zu sehen.

Leise wehte der Wind ein paar Blätter vom Baum. Eines, das aussah wie ein rotes kleines Herz, verfing sich in Marinas goldblondem Haar. Gisela, die das sah, lächelte wissend.

„Ja, danke Nick!"

Sie gingen dann auch noch zu Großmutters Grab, das auf einem anderen Feld lag.

Es war so ein schöner Tag. Die Sonne schien sich darüber zu freuen, dass Mutter und Tochter vereint waren. Wahrscheinlich wollte sie dafür sorgen, dass die beiden in ihrem Lichte erstrahlten.

Und irgendetwas schien auch von ihnen aus zu gehen. Alle Leute, denen sie begegneten, drehten sich nach ihnen um. Nur, sie selbst merkten es nicht einmal, so glücklich waren sie.

Sie kehrten in ein gemütliches Café ein. Genossen jeder ein Tässchen und ein Stück Schwarzwälder Kirschtorte. Mit leiser Musik wurde ihr Genuss untermalt.

„Meinst Du, Mama wir können noch ein bisschen am See spazieren gehen?" fragte Marina

„Oh ja gerne, da war ich eigentlich schon lange nicht mehr." meinte Gisela.

„Füttern verboten" stand da auf einem Schild. Das Schild war neu aufgestellt.

Früher war das nicht so, als Marina noch klein war. Da hatten sie trockenes Brot mitgenommen und waren zum See gefahren.
Die Schwäne, Enten und Gänse kamen damals so dicht heran, um sich Brotbröckchen direkt aus der Hand zu nehmen. Mancher Schwan hatte es schon mal eilig, so dass auch mal in einen kleinen Finger geschnappt wurde. Marina wusste noch, dass ihr deswegen schon manchmal Tränen geflossen waren.

Urgroßmama hatte sie dann in den Arm genommen und immer gesungen:

„Heile, heile Gänschen, die Katz' die hat en Schwänzchen, heile, heile Mausespeck, wenn de Großmutter bist, iss alles weg.", dann pustete sie noch über den Finger und tatsächlich, meistens trat sofort eine Besserung ein.

Später sagte Urgroßmama: „Nimm ein Schöllkrautblatt und tupfe den gelben Saft auf die Wunde, das desinfiziert und ist in drei Tagen wieder gut.

Oder:

Als sie mal barfuß über die Wiese gelaufen war und auf eine Wespe getreten hatte. „Ist nicht schlimm, wir suchen jetzt ein Breitwegerichblatt und rubbeln damit richtig fest über deine Stichstelle. Du wirst sehen. Gleich ist alles wie wegradiert und alles ist wieder gut."

Marina musste in Gedanken daran lächeln: Es war eine schöne Zeit mit Urgroßmama und sie hatte so Recht.

Als Marina und ihre Mama merkten, dass der Tag sich dem Ende zuneigte, traten sie langsam den Heimweg an.

Es war wieder ein sehr schöner „Mutter"-Tag gewesen.

* * *

Aber wie es nicht immer Leid gibt,
gibt es auch nicht immer Glück.

Die Morgensonne zeigte sich in blutroter Morgentracht.

Marina war in der Frühe aufgewacht. Irgendwie hatte sie etwas Komisches geträumt. Aber als sie aufstand, wusste sie nicht mehr, was es war.

Marina sah auch den blutroten Morgenhimmel. Er sah faszinierend aus, aber irgendwie auch bedrohlich.

Sie stieg ins Auto, um ein paar frische Brötchen für Mama zu holen. Der Bäcker Schulte, der in der nächsten Straße seinen Laden hatte, befand sich in Urlaub und das Geschäft aus diesem Grund geschlossen.

Sie musste daher bis zur Stadtmitte weiter fahren, also bis zum nächsten Bäckerladen.

Marina wollte sich eine Zigarette anzünden. Da klingelte das Handy.
Über den Radio Lautsprecher hörte sie ziemlich leise „Hallo Marina, ich bin´s Lena." das kam so leise an, dass Marina grad so eben „Lena" verstand. Sie wollte die Lautstärke etwas mehr aufdrehen, da rutschte ihr das Feuerzeug aus der Hand. Sie bückte sich, um es aufzuheben…

Da, ein Ruck, ein Knall.

Marina hatte sich den Kopf derart gestoßen, dass an ihr das Blut herunter lief. Sie sah verstört wieder zur Straße und stand mit dem Fuß gleichzeitig auf der Bremse.
Marina sah nichts, kein Fahrzeug, nichts. Sie öffnete die Tür und stieg aus. Da hörte sie etwas leise schluchzen.

Sie ging um das Auto und sah ein kleines dunkelhaariges Mädchen am Straßenrand liegen, die Schultasche, wohl abgerissen, lag etwas entfernt von ihr.

Marina erschrak sich sehr. Sie eilte sofort zu dem Kind, um zu sehen ob es noch lebt. Die Kleine stöhnte:
„Mein Arm, oh mein Arm… Aua, aua."

„Oh mein Gott, hätte ich mich bloß nicht nach dem Feuerzeug gebückt.
So etwas verantwortungsloses…"
Marina ging geistig schwer mit sich ins Gericht: „Wahrscheinlich wäre dieser Unfall hier nicht passiert, wenn ich… wär ich … hätte ich…
hilft jetzt alles nichts. Ich muss jetzt erst einmal einen Krankenwagen anrufen", dachte sie.

„Was tut Dir denn weh? Wie heißt Du denn? Wo wohnst Du denn? Warte, bleib ruhig, ich rufe erst einmal einen Krankenwagen für Dich".

Die Kleine sah zu Marina auf „Für Dich auch, Du blutest ja, hast Du Dir auch weh getan?" sie hörte auf zu weinen. „Ich heiße Marina Wonder, ich bin acht Jahre alt und gehe in die zweite Klasse. Es tut mir leid, dass ich nicht aufgepasst habe, da wird mein Papa aber traurig sein."

„Marina heißt Du? Stell´ Dir mal vor, ich auch. Soll ich bei Deinen Eltern anrufen? Weißt Du die Telefonnummer?" fragte Marina die Kleine.

„Mein Papa hat ein Handy. Die Nummer geht so: > 0171-1234567< .

Aber mein Papa ist schon auf der Arbeit."

„Ja aber sollen wir dann lieber Deine Mama anrufen?" fragte Marina.

„Meine Mama ist schon lange im Himmel. Sie schaut als Engel jetzt immer auf mich, hat Papa gesagt, und passt auf mich auf." sagte die Kleine.

„Oh!" Marina stiegen unwillkürlich Tränen in den Augen hoch."
Und jetzt hatte sie das Kind auch noch angefahren. Marina rief den Krankenwagen an und unterrichtete den Vater der kleinen Marina von dem Unfall.
Der Krankenwagen war etwa fünf Minuten nach dem Anruf schon vor Ort. Der Notarzt stellte bei dem kleinen Mädchen Schürfwunden am Arm und bei Marina selbst, eine

Kopfplatzwunde, die er entsprechend mit Klammern bzw. die Kleine mit einem schicken Kinder-Armverband versorgte, der die Kleine allen Schmerz vergessen ließ.

Unterdessen war der Vater der kleinen Marina herbeigeeilt. Erleichtert schloss er seinen kleinen Liebling in die Arme. Froh, dass dieser Unfall für sein Kind so glimpflich verlaufen war. Jetzt musste er nur noch mit dem Fahrer des Wagens sprechen. Er hatte ja eine Haftpflichtversicherung, die diesen Schaden übernehmen würde.

Als er Marina sah, wie sie im Krankenwagen saß, das goldblonde Haar mit Blut durchnässt, ein großes Klammerpflaster an der linken Schläfe, da stockte ihm fast der Atem.

War das…, nein ist das…, ja, das ist doch… Marina…, Marina, seine – wie sagt man - „Sandkastenliebe"!
Marina sah mit großen Augen auf den zu ihr eilenden Mann, den Vater des von ihr angefahrenen kleinen Mädchens, das den Namen „Marina" trug, wie sie selbst. „Achim? – Joachim Wonder?"

Achim wollte sie vor Freude in den Arm nehmen, dass er sie wieder sehen durfte. - Er hätte fast vergessen, weswegen er eigentlich hier war…
dass sein einziges Kind angefahren worden war. Angefahren, von dieser Frau, die da blutverschmiert im Krankenwagen saß, wenn nicht Marina sich leise dafür entschuldigt hätte, sein Kind angefahren zu haben, weil sie nicht aufgepasst hätte. -

Der Notarzt versicherte, dass beide Unfallopfer nicht ins Krankenhaus transportiert werden müssten. Sie bekamen einen Unfallbericht für den jeweiligen Hausarzt mit, bei dem sie sich dann melden sollten.

Marina reichte Achim die Hand und entschuldigte sich nochmals dafür, dass sie sein Kind angefahren hätte.
Achim sagte erleichtert: „Ja, aber wir haben ja alle noch mal richtig Glück gehabt. Wohnst Du jetzt eigentlich wieder im „Hexenhäuschen"? Marina bejahte die Frage. Sie fühlte, dass Achim ihre Hand warm drückte. Zögernd zog sie die ihre zurück.
„Tschüss Marina!" rief die Kleine noch mal zurück zu Marina van Dor, als jeder in sein Auto stieg.

Marina schmerzte der Kopf. Trotzdem wollte sie für Mama noch die Brötchen holen.

Dann fuhr sie nach Hause zu ihrer Mutter.

* * *

Gisela hatte schon den Tisch gedeckt. Es fehlten nur noch die frischen Brötchen, die Marina ja wohl gleich bringen würde.

Endlich hörte sie das Motorengeräusch von Marinas kleinem Wagen. Ihr blieb fast das Herz stehen, als sie Marina totenbleich mit blutverschmierten Haaren und Pflaster auf der Schläfe zurückkommen sah.

Marina erzählte ihrer Mutter von dem unglücklichen Unfall, der ihrerseits durch Unachtsamkeit und Fahrlässigkeit verursacht worden war.
Marina war sich und ihrer Mutter gegenüber stets ehrlich.
Streng ging sie mit sich ins Gericht.

Gisela erschrak auch sehr. Aber sie war froh, dass alles noch mal so leicht abgegangen war.

„Komm´ Kind, es ist wohl das Beste, wenn Du Dich etwas hinlegst und Dich ausruhst."

Marina hatte solche Kopfschmerzen, und ihr war so schlecht, dass sie sich auch wirklich gleich hinlegte.

Ermattet schlief sie nach einiger Zeit ein und sie schlief bis zum nächsten Morgen durch.

Da, rief da nicht Mama? Noch im Halbschlaf hörte sie „Marina? Marina!"

„Ja Mama"

<<Ach Frühstück. Was erzählte Mama da...? Sonne –Spaziergang? Nein, ich muss erst mal raus, was war das da noch... mit dem Unfall ...??

oh hätte ich bloß nicht... wäre ich ... oh je, was mach ich bloß... ich muss überlegen... erst mal überlegen... ich steh auf ...oh mein Kopf... nur nicht mit dem linken Bein zuerst.>>

<<So, jetzt erst mal raus... Luft schnappen... mich sammeln... was muss ich tun?... anrufen, Achim anrufen?.. Fragen, wie es der Kleinen geht?>>

In Marinas Kopf purzelten die Gedanken wild durcheinander.
* * *

Marina lief in den Park.

Eigentlich wusste sie nicht, was sie im Park wollte. – Eines wusste sie. Sie konnte nicht so tun, als sei dieser Unfall nicht passiert.

Sie musste wissen, was mit der kleinen Marina war, dass sie wirklich keinen Schaden durch den Unfall davontrug.

Marina ging durch den Park, den Blick gesenkt, als ob sie eine große Last zu tragen hätte.
Sie sah nicht die beiden, die direkt auf sie zukamen:

Die große männliche Gestalt;
An seiner Hand ein kleines dunkelhaariges Mädchen mit zwei Zöpfen und einer rosa Schleife im

Haar, das strahlend einen bunten Blumenstrauß in seiner kleinen Hand fest hielt.

Plötzlich hörte sie eine zarte Kinderstimme rufen: „Marina, wir sind da!
Wir möchten Dich besuchen, wolltest Du gerade zu uns kommen?"

Marina sah auf. Sie sah die kleine Marina und… geradewegs in die leuchtenden dunkelbraunen Augen von Achim. Gebannt ging sie auf ihn zu.

Achim schloss sie in seine Arme und flüsterte ihr zu: „Oh Marina, dass Du jetzt wirklich da bist. Du warst so weit weg und so lange. Mein Kind - eigentlich ist es die Tochter meiner

Schwester; sie ist kurz nach der Geburt gestorben, hatte ich schon nach Dir benannt, damit ich täglich Deinen Namen aussprechen kann. Ich liebe Dich, Marina, schon seit wir im Kindergarten waren, das hast Du doch nicht vergessen?"

„Komm Papi, jetzt hab ich wieder eine Mami und wir können alle zusammen nun endlich auch zu Oma Gisela gehen. Nicht wahr Marina, deswegen bin ich bestimmt in Dein Auto gelaufen, damit Du nun bald meine Mami werden kannst.

„Ach so ist das" sagte Marina van Dor „was soll ich da schon anderes tun, als Euch alle lieb zu haben."
Da wendete sich für Marina die Richtung, in die sie gegangen war.

Nun ging sie an der Hand eines kleinen Mädchens, das aus Liebe zu ihr ihren Namen trug und spürte plötzlich, dass dieses Kind ein Verbindungsglied zu Ihrer großen Liebe „Achim" war.

Zu diesem Achim aus dem Kindergarten, mit dem sie immer Vater, Mutter und Kind gespielt hatte.

Ein Kindertraum, der für alle nun wahr werden konnte.

Marina wurde eine sehr gute Lehrerin. Allen Kindern, die Sorgen hatten, half sie und sorgte dafür, dass sie auch verstanden wurden. Achim ging pünktlich seinem Beruf als Schlossermeister nach.

Sie und Achim heirateten an einem warmen sonnigen Tag und ihre kleine Marina streute ihnen Blüten
aus dem Garten von Großmutter Gisela.

Großmutter Gisela zog in das ehemals für Urgroßmama angebaute Zimmer.
Sie machte – wie sie sagte - Platz für das neue Glück.
Sie schloss die kleine Marina liebevoll in ihr Großmutterherz und insgeheim hoffte sie aber auch, wie Urgroßmama einst, dass sie auch

mit ihren Händen ihr Herz noch lange sprechen lassen durfte.

Biografie:

Es war einmal:
Ein kleines Mädchen, das wurde 1949 in Hoyerswerda geboren, als viertes Kind und drittes Mädchen, als Naseweis vor ihrem jüngeren Bruder. Zwar am gleichen Tag wie ihr ältester Bruder – nur eben zwei Jahre später in einen Kaufmannshaushalt, der immer mit Arbeit belegt war.
Vater: Handelschullehrer; selbständiger Kaufmann, liebevoller Vater –
Mutter: Kauffrau und stets opferbereit für ihre Kinder alles zu tun. Die Flucht 1953 (wegen tödlicher Kapitalisten-Verfolgung) gelang ihr in drei aufregenden Zügen zum Vater und den übrigen Geschwistern in „den Westen".

Das Mädchen lebte 13 Jahre in Fulda, zeitweise mit dem kleinen Bruder, hilfsweise bei einer Tante.
Grundschule und Mädchengymnasium fielen auch in diese Zeit. Die weiteren Lebenslehrzeiten fanden in Bochum, Witten, Lünen, Bremen, Hamburg, Kiel, Heidelberg statt;

Schon im Elternhaus wurde Tierliebe und Nächstenliebe groß geschrieben. Dies hat erheblich dazu beigetragen, das Leben dieses „Kindes", das nun sein Zuhause unter dem Himmel über Dortmund entdeckt hat, entscheidend zu prägen.

Weil Zeit einmalig ist…!

Baeredel - Buch

Nachwort:

In diesem Sinne
wünsche ich
Ihnen
allen:

lassen auch Sie

Ihr Herz
mit Ihren Händen
sprechen…

dann ist niemand einsam.

Ihre
Baeredel